句集

雪道の交叉

中川純一

朔出版

微生物学実験／著者画

句集　雪道の交叉　目次

句集　雪道の交叉

I

日焼の背中

二〇〇〇年〜二〇〇五年

九十四句

二〇〇〇年

鰺刺の胴短しと見れば墜つ

昼顔や視線かすかな毒を投げ

椋鳥につつき出されて蚯蚓跳ね

猫に似る黒子のをりて夏芝居

夕顔の実ののつぺりと凭れあひ

日傘閉ぢたる眼差しを向け来たる

鵜篝に伸べし腕の見えにけり

爪先のきゆつと踊りの輪の縮む

水引草抱きついて来し子を抱きて

破蓮進化の果といふことを

喪心に表紙明るき日記買ふ

二〇〇一年

初仕事退けて夜の雲新しき

ポケモンの爪の如くに茗荷の芽

六月やバンドエイドの肌透けて

見上ぐれば毛虫が降つてきさうな樹
眼差しの少女に戻りヨット追ふ

寄居虫の貌のなるほど蜘蛛の属

汗拭ひ会社が会社呑む話

レモン一キロロロブリジーダより購ひぬ
指入れて髪の根ぬくし鳥渡る

冬めくや蹴つて入れたる納戸の戸

二〇〇二年

綿飴のばかに大きく梅祭

梅に佇つ人の雀斑を眩しめる

男にも料理の時間ムール貝

三月やバスのどこかが塗り替へられ

白木蓮に夕空藍を溶きそめし

海を見る如く紫陽花見て佇てる
髪切虫子に摑まれて匂ひけり

海を見る父の日焼の背中抱き

つつかかり癖の首振り扇風機

痛さうに眉寄せてゐる昼寝かな

枝豆になんでやねんと手が伸びて

コペンハーゲン

キス長しアンデルセンの月が泛き

石榴の実いづこより来し子の画才

父と来て寝癖少年鯊を釣る

波の音波に追ひつき小六月

石になり砂になる貝冬麗ら

弟のまつはる聖樹飾りをり

風邪の子に鼻押しつけてをりし犬

二〇〇三年

初乗の女車掌の声可愛

報道のヘリを見上げて初鴉

豆撒きの女衒《ぜげん》めきたる宮司かな

凧揚げの子にげんこつのやうな雲

母連れてゆきし余寒の今年また

夕空に溺れそめたる櫻かな

肉置の少しそげたる四月富士

春耕の鍬もて足袋の泥拭ふ

猫の仔の貌引つつりて鳴きにけり

子供神輿かしぎたるまま過ぎゆけり

手花火にかこつけて声甘きかな

あらぬ方見てゐる水着見てをりぬ

渡り鳥リボンちぎるるごと分かれ

秋晴の足を伸ばして墓訪ひぬ

冬日向梟顔の猫座り

立ち尽す齢に銀杏散りにけり

生涯の借り返せざる賀状書く

二〇〇四年

皮剝かれ鮟鱇真珠光りせる

嬰子取るごとく鮟肝引き出せる

うすかはのごとく夜が明け寒櫻

蝶の昼つつかへつかへピアノ鳴り

手の甲を風撫でてゐる蕗の薹

花の下お重にぎゆつと卵焼

花過ぎの痛みなけれど身の恙

軽鳧の子のふいふいふいとかたまれる

汗拭いてもうそろそろのなかなかに

水茄子に水振り錦小路かな

後ろ手に草やはらかき花火かな

蜩といふ透明に包まるる

天高し笑ひたくなるほど青し

柿吊るし手繰り寄せたる山の星

秋の翳愁眉と愉悦相似たる

うたた寝の夢に日が差し風邪兆す

二〇〇五年

初夢に見えし人とカレー食ぶ

風邪の子の二重瞼の乙女さび

受験子のこめかみ蒼きあはれかな

受験子の手握ることを忘れけり

受験子に買ひし喉飴なめて待つ

春の雪女湯ばかり声のして

天辺に鶫ゐるしだれ櫻かな

赤飯の小函貰ひて卒業す

花粉症とても同病憐れみて

臑の血のたらりと伝ひ磯遊び

遠ざかるヨットを溶かす夕日かな

栴檀の花に翅あるものあまた

夏みかん甘夏みかん母遠し

ラムネ壜摑み出されてしたたれる

役者眉汗噴き出してをりにけり

花火見る非常階段風に揺れ

みそつ歯を食ひしばりたり運動会

足裏に当たりて松子新松子

枯野行くわれと大腸菌百兆

ラグビーの火花ならざる泥弾け

餅搗の湯気噴き上げて鯨幕

松田優作遺影にも餅供へあり

Ⅱ　雪道の交叉

二〇〇六年～二〇一〇年

九十六句

二〇〇六年

突き出たるものも吹かれて池氷る

何もかも見てゐるうすめ享保雛

啓蟄のぴゅうんとコンピューター起動

長閑しや卵も糞も白き鳥

四月馬鹿愛想ついでに笑ひけり

子の埋めし金魚の墓に雨細か

初夏の欠伸ぅつれば涙まで

真白なまつさらな夏帽子かな

陶割りしごとく雪渓張り出せる

滝迅し一筆描の掠れては

朝顔の朝一番のいろに咲く
叶はざることも願ひて星の竹

川霧のミルクのやうに満ちてくる

草紅葉ひとりなかなか笑はぬ子

今日のこと聞きつつ林檎剝いてやる
笑顔なき子に出す夜食冬灯

二〇〇七年

元旦の便意ゆるりときたりけり

屠蘇機嫌もて仕上げたる寄稿かな

古靴が石噛んでゐて春隣

おすわりの犬撫でてをり受験の子

踊り場に弾けゐる日や卒業す

ショー終へし海豚と春を惜しみけり

ランニングシューズを履けば初蝶来

溝浚ひどろもへどろもあふれ出づ

植ゑをへし田水の澄んできたりけり

一振りをしては見上げて捕虫網

蚊遣豚廊下の端に煤けをり
蟬の穴どれもどこかが歪みゐる

剝げたるも欠けたるも秋風の墓

草の穂のアントシアニン系の色

東京農業大学オホーツクキャンパスに着任

伸びきってまた伸びる雲爽かに

まっすぐに我を見る瞳の爽かに

こんなにも甘き葡萄をひとりじめ

冬麗らバナナの雀斑また殖えて

雪道の交叉は若きらの交叉

寒波来る銀河のごとく街点り

サロマ湖の牡蠣あれば白ワインかな

久々に笑ふ娘と雑煮食ぶ

二〇〇八年

雪原のぐらりと離陸したりけり

日本一北の学食菠薐草

流氷のめくれ上がりて碧なす

流氷や手を振らざりし露西亜船

流氷につきし露西亜の土ほのか

流氷の押すも押し返すも真白

流氷やへたばるごとく能取岬

残雪の眩しくて今日誕生日

講義棟蝦夷春蟬のとよもして
馬鈴薯の花咲く遥か遥かまで

千両箱ならぬ苗箱運びをり

六月の真珠のごとき記憶あり

ハンカチになまじ隠して膝見られ

鹿の目の前世の如く我を見る

仰がれて村の広場のレモンの木
団栗やはやくも子の背我を抜き

鰯雲泡だちながら滅びけり

冬眠の天道虫のほろと落ち

クリスマスカード立てかけマグカップ

二〇〇九年

針始め白衣のボタンかがりけり

降りつのる雪にハタハタ競りおとす

日脚伸ぶ足の向くまま来れば海

掘り拡げありし雪道卒業す

医務室に鼻血止まらぬ入学子

春水に寄りて女子の輪男子の輪

国後と指さす霞濃かりけり

浅蜊掘る腰を伸ばせば斜里羅臼

リラ冷えのバス待つ腕さすりつつ

黴《ばい》菌《きん》の黴《ばい》の字の黴《かび》はびこれる
待つてゐるだけで腹減り秋の風

大いなる北の秋空もて迎ふ

寒く紅き夕日を載せてビート畑

ある日冬立ちふさがりて海への道

ダイヤモンドダスト煌めき授業中

足跡もなし刑務所へ雪の橋

雪晴のサッカーゴールあるばかり

二〇一〇年

除雪車の音に目覚めて三日かな

雪原ただ雪原過去とも来世とも

囀や捲れて黒き日本海

斑雪野を行きマッチ箱ほどのバス

脳天に差し込むごとく雲雀啼く

チューリップひそひそ話意地悪く

梅雨荒し名札付けられたる仰臥

くいと顎上げて瞬く蜥蜴かな

洗ひ髪握りつつ笑みかけてくる

みんみんに背中押されて入院す

朝曇術後食とて腹三分

患者用テレビの甲子園西日

番ひたるままに吹かれて秋の蝶

歩いても歩いても蝦夷仙入が啼き

葡萄抓み短き秋も逝きにけり

湯に浮いて硫黄のいろの蜻蛉の屍

恋知らぬ頃のこの曲クリスマス

フラスコをかざせば窓の雪つのる

熱燗やされど過ぎし日去りし人

ストーブの息整つてきたりけり

警官がおにぎり買ひに来て聖夜

生きのびて冬あたたかき墓の前

III

流氷の沖

二〇一一年～二〇一五年

八十六句

二〇一一年

成人式弾き出されて雪の中

ぬらぬらと節榑歪み大氷柱

流氷も流氷船もただ眩し

流氷に甘咬みされて船進む

バスケットゴール見上げて卒業子

雪雫して星置といへる駅

揚雲雀丘のホテルの棄てられて

水桶のきらきら溢れ牧開

リラ冷えのどこにも行かず鰈焼く

つなぐ手を離して土筆摘みにけり

蝦《え》夷《ぞ》延《えん》胡《ご》索《さく》あっちにもこっちにも
な忘れそ咲いてその青優しけれ

花蜜柑涙の味のなつかしく

懐しく畳香れり昼寝覚

住み慣れし北の大地の明易く
馬鈴薯の花の絨毯ふはりとす

泳ぎ来る碧眼われにまたたける

検札の女車掌の背ナの汗

姉楚楚と妹婀娜に星祀る

踊り子の首のスカーフ痣隠す

ひとしきり陰口きいて桃すする

黄落や生まれ変らば巴里よけれ

子狐のいつ見ても腹空いてゐる
十勝野の雪の轍のひたすらに

オホーツクブルー裁ち分け白鳥来

二〇一二年

税務署の仕事始めの雪を掻く

公園に猫が爪研ぐ日永かな

転げたるごとく斜面の蕗の薹

句座恋し都忘の咲きたれば

地震列島原発列島五月富士

目も鼻もなく蝸牛まぐはへる

道産子を遠く遊ばせ大花野

吹つ飛んできてしがみつき秋の蝶

無花果をふぐり摑みに捥ぎにけり

大銀杏黄葉一触即発たり

冬館その一枚の絵に魅かれ

年の湯や少し離れて子も浸り

二〇二三年

繭玉のほのかなる揺れ行きもどり

門衛の仕事始の礼深き

酒蔵の出店に憩ひ雪祭

流氷の沖にきらめき卒業す

紫雲英摘むこんな孫見る日の来るや

内定を得て夏シャツの縞青き
少しだけ空開いてゐて朴の花

廃校の校長室の涼しさよ

空蟬の屈背に泥の乾きをり

出湯にひとりあの世のごとき夕焼と

蚊柱や潮入川のなまぐさく

裸子の湯気立つばかり泣きつのる

めえと啼きぴいと啼き鹿幼なけれ

泣く笑ふ走る小児科冬近し

釣つて来し鰈を慣らし冬籠

娘ゐて父の寄鍋褒めもする

ごろつきのごとく鳶群れ冬の雲

二〇一四年

寒卵占ふごとく割りにけり

湯の邑の除雪車傾ぎては唸り

積みあげし雪を眩しみ卒業す

応援の莫蓙にも落花おびただし

ふつきれなあかんねんてと暖かし

雪解畑遠く狐が鼠掘る

春風や歩くと決めて歩き出し

海芋活け女の微笑すぐ冷ゆる

めらめらと色変はりして烏賊逃ぐる

そら豆を剝くたび少し寄目になる

糸とんぼ番へば重しすぐ止まる

打ちこみし杭に肘かけ鰯雲

長き夜の薬に作用副作用

団栗の帽子ぽとりと卓の上

枇杷の花バターの如く日の溶けて

小春日のカーテン歩く天道虫

二〇一五年

雷蔵の殺陣に見惚れて餅焦がす

悴んで三白眼を向けてくる

尾白鷲雪搔く我を見降ろしぬ

新社員ひつつめ髪の顎を引き

吾を呼ぶにあらず囀いつまでも
軽暖やピエロと交すフランス語

青芒靡き好きとも嫌ひとも

ごきぶりの毛脛一本残し去る

チョコレート溶けて西日の談話室

椎の実や芝生がつなぐ講義棟

ぞろぞろと窓に亀虫冬近し

新米や五年生存自祝して

蒲団屋の籤に当たりて米貰ふ

白鳥のおまけの如く鴨も浮く

雪の鳶仰ぎ急行待合せ

寒紅や眉引く刹那みひらける

Ⅳ カムイの褒美

二〇一六年〜二〇一八年

七十六句

二〇一六年

立ちあがる一句ありけり初句会

子が発ちしあとの喰積もて余す

南国の瞳見開き悴める
らーめんの看板雪に埋もれあり

橇楽しトナカイ獣臭けれど
枝々の雪の溶けつつ輝ける

梅早し犬の死に目に会ひにきて

降下機の窓袈裟がけに流氷帯

麦踏にゆつくり流れ沖の雲

顧みる狐を叱り麦を踏む

国有地売れぬままなりつくしんぼ

ままごとのやうに重なり恋雀

春眠の覚めたる腹の皮下脂肪

学食のカレーが匂ひ木の芽風

嫁がざる娘と分けて柏餅

新穂高君　博士課程修了

薫風や修行の僧にして博士

よろよろと星を縫ひつつ恋螢

滝落ちて落ちてすつくと立ち上がる

大いなる牡丹染め抜き藍浴衣

うかがへる狐を睨みキャンプ番

不器用に叩きて蕎麦の実を落とす
露の世の子の選べざる親なりしか

最果の一人に慣れて新酒酌む

新酒酌む無器用な弟子愛すべく

実験のアイデア湧いて鵙日和

先週の雪虫今宵雪女郎

雪の道己が足跡踏みもどる

ティファニーのティアラさながら氷柱に月

日だまりの雪に溺るるベンチかな

絨毯の模様の解りさうで謎

クリスマスカードその一枚大事

二〇一七年

まがふなき大鷲翔けて初御空

鍋焼を吹きつつけんもほろろかな

連れ飛ぶといふことありて尾白鷲

断崖にして氷瀑を鎧ひたる

金縷梅に覚めいくらでもまた眠る

象の目をして涅槃図の老爺かな

歯をせせりをりてゴリラの春愁

漬けありし蜆の水の濁りそめ

風光るポプラ並木をくしけづり

啼きやみし仔猫の鼻のさくら色
青葉雨なかなか来ない一人待ち

片脚のぶらんと垂れてハンモック

肖像の眼差し固く夏館

ぬれぬれと歩み玉虫燦と翔つ

ミニチュアの江戸の娘も夕涼み

草市や父母の享年すぐそこに

オホーツクブルーの眼鬼やんま

口笛にちよと惹かれゐる小鳥かな

鰯焼くアンダルシアの夕日濃く

目が合ひし刹那に跳ねて女鹿去る

頬傷のごとき径つけ山眠る

煤逃げのついでに寄りしゴッホ展

初夢に若き我居て恋もする

二〇一八年

瘡蓋のごときが剝がれ垂り雪

ゆつくりと靴紐結び受験生

玄関を出でて受験の日の青空
揚船の見ゆる北窓開きけり

春の夜の海豚となりて群るる夢

野遊びや身重の一人いたはられ

春耕の畝のゴッホの筆致もて
魅入らるるごとく見入りて延齢草

毛羽立つてをるはアスパラガス畑

赤屋根を臍に美瑛の大夏野

教へ子の昼寝の肩の逞しき

肩の荷の下りし死顔涼しけれ

手摑みの山女に躍る日の斑かな

がつんと引きカムイの褒美我に鮭

東京に戻る日の近くなり

去ることを決めて散歩の町の秋

小鳥来るその木の幸のあるごとく

ほつちやれとよばれ目鼻も削げて鮭

秋冷や朝の蜂蜜固まりて

秋思ふと孫の手をもて背ナ掻けば

十一月終るハチ公前にゐて

晩年の父さながらや大嘘

山眠る見えざる水の奏でゐて

Ⅴ　海光

二〇一九年～二〇二二年

百十五句

二〇一九年

初絵筆頰ふつくらと描き入れし

東京で暮らすジャケット買始

大寒のハチ公前に四年振り

日脚伸ぶ太りすぎたる金魚にも

福豆を受けて娘の脚長し

師の墓を訪へば授かり四温晴

先延ばしして而して春の風邪

疱瘡の少しく剝れ冴返る

灯台の足元蕩け陽炎へる

筋骨のまだ運動部新社員

さきがけのくれなゐ差して若緑

空つぽの標本林の巣箱かな

ねつとりと剝がして柏餅真白

初夏のトートバッグのフランス語

蠢いて蚯蚓の末期砂まみれ

夏兆すお昼大盛カレーライス

緑雨降りこめてどうにも気乗りせぬ

影透けて螢袋の宿すもの

飛びざまの悪達者とも夏燕

十薬を咲かせてからうじて酒場

汚れなき朝や泡吹虫とても
もてなしの絵団扇のまづ配らるる

ビール飲む葭簀捲れて海が見え

炎昼のコンクリートを注ぐ枠

ペンギンを飽かず見てをり夏帽子

蟬時雨今生いくつすれ違ひ

流れ星消えて危ふき星にわれ
星がまた飛んで涙の乾きけり

流れ星仰ぐ足指砂つかみ

鮭帰り来る大いなる雲の下

月光にまみれ遡上の背鰭跳ね

鮭の屍に蟹の這ひ寄る渚かな

水軍の海を染め抜き秋落暉

秋澄めりその虹彩も雀斑も

亀虫のぞろりぞろりと素十の忌

鵜の岩の頭《つむり》毳立ち草紅葉

豊かなる頬を寄せつつ林檎捥ぐ

銀河濃し湯のあと酒のあとなれば

ためらひもなくむささびの一ッ跳び

雨籠り一日勤労感謝の日

大根を四五本干してまだ元気

鯛焼の小父さん目まぜ飛ばしくる

柊が咲いて三連休初日

願はくば落葉蹴ちらすこんな孫

銀座雨今ごろパリは枯葉色

踏み当てし落葉隠れの根瘤かな

赤セーター教授婦人にして教授

聖堂へ銀杏落葉の深ぶかと

無表情とは年の瀬の警備員

数へ日の墓に向かひし小半時

よしと声かけて三日の運転手

二〇二〇年

あひみての後の歳月初句会

寒木瓜の紅の誰より優しさう

浅春や昼酒の酔ひ顔に出て

何か言ふ素振り残して卒業す

浮きながら朽ちてゆくなり花筏

麦秋や振り向かぬ背のいつまでも

天道虫詳しき脚をちらと見す

値踏してぷいと横向く金魚かな

兄弟の喧嘩にラムネ割つて入る

峯雲を背負《しょ》ひて育てて羅臼岳

じやがいものよくぞ積まれし荷台かな

青虫の食つちや寝食ちやねたのもしき

生身魂腕立て伏せをもう五回

新米と抜いて真赤な幟旗

小鳥来る相方ゐてもゐなくても

かしましく葡萄選果の娘らは

秣干す日高の秋日鋤き込んで

紅葉して実生十糎の楓

東京に雪虫遣はせしは誰ぞ

年詰まる立食蕎麦に師と並び

むつかしきことを易しく講始

二〇二一年

熟寝してテレビ体操忘れ初め

八千歩あるき寒椿へ戻る

バレンタインデーの爺《ぢいぢ》にチョコとキス

仰ぎたる我に囀向き直る

つんつんと一人前の目高の子
目高にも娘盛りのあらば今

水替へて目高にそつぽ向かれたる

母の日の酢漿草《かたばみ》こんなにも咲いて

大夏木翼下男子も女子も容れ

片側の引つつれてゐる簾かな

落としたる句帳たちまち蟻が検見

蛛《ちゆ》と飛んで蠅虎《はへとりぐも》の馴れなれし

渓風に山家の数の女郎蜘蛛

秋風や絵筆とめては遠目して

鰯雲押し縮めつつ茜差す

茸飯帰りの遅き娘待ち

冬の蠅従へ鼻の利く男

梟に聞く人類の絶滅を

二〇二三年

自画像の仏頂面に御慶かな

起きてきし娘とまづは御慶かな

配達のゲラを受取り御慶かな

春近きスカート丈に女生徒ら

早春や犬の床屋はガラス張り

空港のコーヒー薄く春疾風

雄鳩のきよとんと振られをりにけり

水替へて目高にそつぽ向かれたる

嬉しさの不眠もありて明易し

蟷螂の夫恍然と齧らるる

木犀の香る七曜はじまりぬ

桂馬跳びして墓原の青飛蝗

秋麗ら振らねば止まる腕時計

海光は鳶の描線秋麗ら

紅天狗茸の観察這つて寄り

霧はれて来し初島の仔細かな

黄落や出会ひがしらの手を振りて
をみなたる気概ありけり革ジャケツ

冬に入るクロワッサンがほろと裂け

バスを待つ唇乾き今朝の冬

大声で呼ばれ振り向き蓮根掘

風呂吹に絵の具のやうな味噌のせて

退任の後の柚子湯にふかぶかと

居眠れる眉美しや暖房車

白鳥を彫り起こしたる朝日かな

句集　雪道の交叉　畢

あとがき

本書は『月曜の霜』に続く私の第二句集で、五十歳から七十歳までの句を収めた。従って、子供たちがまだ小さかった頃から、定年退職して数年を経た現時点までの作品ということになる。その間、色々な区切りがあった。当初、会社勤めをしていたが、その後、東京農業大学のオホーツクキャンパスで微生物学の教員として十一年を網走市で過ごした。海も空も畑も広く、冬には流氷が遥か沖まで輝く大いなる自然に抱かれた心豊かな日々であった。

キャンパスが雪に埋まると、講義棟をつなぐ細い雪道が縦と横に掘りおこされる。始業時や授業の合間に若者たちが雪道を行き来して交叉するのを二階の窓から見ていると、彼等が自分の道を探しながら学び、友情を育んで人間として成長しているのが見えて、自然と希望が湧いてきたのであった。北国で学生たちと交叉しながら過ごした十一年間は、私にとって特別な意味を持つと考えて、句集名を「雪道の交叉」とした。

定年退職して東京に戻ると、「知音」俳句会の仕事が増え、丁度コロナ禍勃発からの三年間は編集長も担当した。その間、句会を開けない日々が続いたが、やはり参加者が直接顔を合わせて句会をする、その形が断然実りが多いと実感した時期でもあった。作者の顔が見えることが大切だということを、自作についても、選者としても身にしみて感じた。

この先も仲間たちと切磋琢磨しながら俳句を作り続けたいし、これまで私を俳句に導いてくれた富安風生、清崎敏郎、行方克巳、西村和子の諸先生方から学んだことを醸成させて、私自身の顔としての句を確立させたいと念じている。

本句集の選句と帯文を克巳先生にお願いした。和子先生と「知音」の仲間からは沢山の励ましをいただいた。句集名の英訳については英文学者で俳句仲間でもある寺本明子教授にお知恵を拝借した。そして、コロナ禍で毎月「知音」誌の編集作業を助けていただいていた朔出版の鈴木忍さんには、今回の句集刊行でも大変お世話になった。記して皆さまに感謝申し上げる。

二〇二三年十一月

中川純一

著者略歴

中川純一（なかがわ じゅんいち）

1952年、東京に生まれる。

1970年、高校の学級担任だった清崎敏郎に師事して俳句を始める。翌年、「若葉」に入会し、若手の句会「青胡桃会」では富安風生から直接添削指導を受けた。

慶應義塾大学工学部で応用化学、更に2年間の会社勤めを挟んで東京大学大学院農学研究科で農芸化学を専攻し、1983年、微生物生化学研究により農学博士の学位を取得。

1984年から13年間、スイスに留学して研究生活を過ごす。この間、一時期俳句を中断。

1997年、帰国。「知音」に入会して俳句再開。行方克巳、西村和子両代表の選を受ける。

1997年から10年間、大正製薬研究所にて創薬研究に従事。

2008年から11年間、北海道網走市の東京農業大学オホーツクキャンパス食品科学科に勤務して微生物学を教えながら学生たちとも俳句会をもった。

2019年、定年退職して東京に戻り、「知音」副代表、現在に至る。

句集に『月曜の霜』（2000年 ふらんす堂刊）
東京農業大学生物産業学部名誉教授
俳人協会会員

現住所　〒154-0001　東京都世田谷区池尻4-33-9

句集　雪道《ゆきみち》の交叉《こうさ》

2024年1月15日　初版発行

著　者　　中川純一

発行者　　鈴木　忍

発行所　　株式会社 朔《さく》出版
〒173-0021　東京都板橋区弥生町49-12-501
電話　03-5926-4386　　振替　00140-0-673315
https://saku-pub.com　E-mail　info@saku-pub.com

装　丁　　奥村靫正・星野絢香／TSTJ
印刷製本　中央精版印刷株式会社

ISBN978-4-911090-02-2　C0092　¥2500